致奶奶、爷爷、爸爸、珍奶奶、哈特爷爷，

以及所有用他们有力臂膀拥抱我们的爷爷奶奶，

还有埃娃·萝丝、瑞奇、玛利亚和理查，我的愿望成真了。

——玛丽安·库西玛诺·拉芙

致亚由美。

——市川里美

图书在版编目（CIP）数据

"你是我的"系列. 你是我的心愿 / （美）玛丽安·
库西玛诺·拉芙文；（日）市川里美图；焦东雨译.
广州：新世纪出版社，2019.8
ISBN 978-7-5583-2203-7

Ⅰ.①你… Ⅱ.①玛 ②市 ③焦… Ⅲ.①儿童故
事—图画故事—美国—现代 Ⅳ.①I712.85

中国版本图书馆CIP数据核字(2019)第135991号

版权登记号：19-2019-109

蒲蒲兰绘本馆

"你是我的"系列

NI SHI WǑ DE XINYUAN

你是我的心愿

[美]玛丽安·库西玛诺·拉芙 文 [日]市川里美 图
焦东雨 译

出版人：姚丹林
责任编辑：李世文 庄淳楦
责任技编：陈静娴
特约编辑：陈萌

出版发行：新世纪出版社（510102
广州市大沙头四马路10号）
经销：新华书店
印刷：鸿博昊天科技有限公司
开本：889mm X 1194mm 1/16
印张：2.5
字数：31千
版次：2019年8月第1版
印次：2019年8月第1次印刷
定价：36.00元

"你是我的" 系列

你是我的心愿

[美] 玛丽安 · 库西玛诺 · 拉芙　文

[日] 市川里美　图

焦东雨　译

SPM
南方出版传媒
新世纪出版社
·广州·

我是你的奶奶，

　你是我的小心肝。

　　我是你岁月刻痕的容颜，

　　　你是我乳牙萌出的笑脸。

我是你的满头白发，

你是我的小卷毛。

我是你最爱的拼布花棉被，

你是我的蹦蹦床，跳一跳。

我是你扣不上的纽扣，

你是我的小肚皮，一碰就笑嘻嘻。

我是你的面包蘸果酱，

你是我馋嘴的小饿狼。

我是你的后花园，

　　你是我的雏菊花项链。

我是你的发动机，油已加满，

你是我飞向远方的航班。

我是你的一池清泉，

　　你是我的水花四散。

　　我是你的硬币，抛向水面，

　　　　你是我默默许下的心愿。

我是你的钓鱼线，

　　你是我的鱼饵，沉到水下面。

　　　我是你屏住呼吸的注目，

　　　　你是我的三分钟热度。

我是你慢吞吞的脚步，

　　你是我的"奶奶快点啦"。

我是你记得路的老马，

　　你是我的"驾驾驾"。

我是你好乘凉的大树，

你是我荡来荡去的秋千。

我是你的一把老吉他，

你是我大喊出的歌声。

我是你爱依偎的膝头，

你是我的攀爬小能手。

我是你的故事，听不够，

你是我咿咿呀呀的节奏。

我是你的摇摇椅，

　　你是我摇啊摇啊的陶醉。

我是你晚安好梦的祝愿，

你是我一秒钟就进入的沉睡。